Le grand livre du chat assassin

© 2011, l'école des loisirs, Paris, pour la présente édition
Loi n° 49.956 du 16 juillet 1949 sur les publications
destinées à la jeunesse : septembre 2011
Dépôt légal : septembre 2011
Imprimé en France par l'imprimerie Clerc à Saint-Amand-Montrond

ISBN 978-2-211-20738-6

Anne Fine
Le grand livre du chat assassin

Traduit de l'anglais par Véronique Haïtse
Illustrations de Véronique Deiss

l'école des loisirs
11, rue de Sèvres, Paris 6ᵉ

SOMMAIRE

Journal d'un chat assassin

Lundi

C'est ça, c'est ça. Allez-y, pendez-moi. J'ai tué un oiseau. C'est que je suis un chat, moi. En fait, c'est mon boulot de rôder dans le jardin à la recherche de ces petites créatures qui peuvent à peine voleter d'une haie à l'autre. Dites-moi, qu'est-ce que je suis censé faire quand une petite boule de plumes se jette dans ma gueule ? Enfin, quand elle se pose entre mes pattes. Elle aurait pu me blesser.

Bon d'accord, je lui ai donné un coup de patte. Est-ce une raison suffisante pour

qu'Ellie se mette à sangloter si fort dans
mon poil que j'ai bien failli me noyer ? Et
elle me serrait si fort que j'ai cru étouffer.

— Oh, Tuffy ! dit-elle avec renifle-
ments, yeux rouges et Kleenex mouillés.

Oh, Tuffy, comment as-tu pu *faire* une chose pareille ?

Comment ? Mais enfin, je suis un chat. Comment aurais-je pu me douter que ça allait faire une histoire pareille ? La mère d'Ellie qui se précipite sur les vieux journaux. Le père d'Ellie qui va remplir un seau d'eau savonneuse.

Bon d'accord, je n'aurais peut-être pas dû le traîner dans la maison et l'abandonner sur le tapis. Et peut-être que les taches ne vont pas partir, jamais.

Dans ce cas, pendez-moi.

Mardi

J'ai bien aimé le petit enterrement. Je pense que je n'y étais pas convié, mais après tout, c'est autant mon jardin que le leur. En fait, j'y passe beaucoup plus de temps qu'eux. Je suis le seul de la famille qui en fasse un usage convenable.

Ils ne m'en sont pas reconnaissants pour autant. Vous devriez les entendre :

– Ce chat détruit mes plates-bandes. Il ne reste presque plus de pétunias.

– Si seulement il pouvait éviter de faire des trous au beau milieu des anémones.

Des reproches, des reproches, des reproches. Je ne vois pas pourquoi ils se cassent la tête à garder un chat si c'est pour se plaindre en permanence.

Tous, sauf Ellie. Elle était trop occupée à pleurnicher sur cet oiseau. Elle l'a mis dans une boîte, enveloppé dans du coton, et puis elle a creusé un petit trou. Après, on s'est tous mis autour. Ellie a dit quelques mots, pour lui souhaiter bonne chance au paradis des oiseaux.

– Fiche le camp, m'a dit le père d'Ellie en sifflant entre ses dents.

J'ai trouvé cet homme un peu gros-
sier. J'ai agité ma queue, et je lui ai fait le
clin d'œil qui tue. Pour qui il se prend,
celui-là. Si je veux assister à un petit
enterrement d'oiseau, j'y assiste.

Après tout, je connaissais l'oiseau
depuis plus longtemps qu'eux. Je l'ai
connu vivant, moi.

Mercredi

Allez-y, donnez-moi une fessée ! J'ai rapporté une souris morte dans leur merveilleuse maison. Je ne l'ai même pas tuée. Quand je suis tombé dessus, elle était déjà morte. Personne n'est en sécurité par ici. Dans la rue, vous avez de la mort-aux-rats par-dessus les pattes et les voitures chargent toute la journée dans les deux sens. Et puis je ne suis pas le seul chat du quartier. Je ne sais pas ce qui lui est arrivé à cette petite chose. Tout ce que je sais, c'est que je l'ai trouvée, morte. Morte depuis

peu, mais morte. Et sur le coup, je me suis dit que c'était une bonne idée de la rapporter à la maison. Ne me demandez pas pourquoi. Un moment de folie.

Comment est-ce que j'aurais pu me douter qu'Ellie allait m'attraper par la peau du cou et m'infliger un de ses petits sermons ?

— Oh, Tuffy ! C'est la deuxième fois cette semaine. C'est insupportable. Je sais bien que tu es un chat, que c'est normal de ta part, et tout et tout… Mais, je t'en prie, fais ça pour moi, arrête.

Elle me regardait droit dans les yeux.

— Dis-moi que tu ne vas plus recommencer, s'il te plaît.

Je lui ai fait mon clin d'œil. Enfin, j'ai essayé. Mais elle s'en fichait.

— C'est du sérieux, Tuffy, me dit-elle.

Je t'aime et je comprends ce que tu res-
sens. Mais tu dois arrêter, d'accord?

Elle me tenait par les pattes. Qu'est-
ce que je pouvais dire? J'ai essayé de

prendre mon air le plus désolé et elle a encore une fois éclaté en sanglots. Et on a encore eu droit à un enterrement.

Cet endroit devient la Maison de la Rigolade. Je vous le dis.

Jeudi

D'accord. Je vais essayer de vous expliquer pour le lapin. Pour commencer, je pense que personne n'a apprécié le fait que j'ai réussi à le faire passer par la chatière. Ça n'a pas été si évident. Je peux vous le dire, cela m'a pris presque une heure pour faire passer ce lapin par ce petit trou. Ce lapin était énorme. Il ressemblait plus à un cochon qu'à un lapin, si vous voulez mon avis.

Rien de tout cela ne les a intéressés. Ils étaient en train de devenir fous.

– C'est Thumper! a crié Ellie. Le Thumper d'à côté!

– Pas possible! a renchéri le père d'Ellie. Maintenant on a un gros problème. Qu'est-ce qu'on va bien pouvoir faire?

La mère d'Ellie m'a regardé fixement et puis elle a dit:

– Comment un chat peut-il faire une chose pareille? Enfin, ce n'est pas comme si c'était un petit oiseau, une souris, ou ce que je sais! Ce lapin est aussi gros que Tuffy. Ils pèsent une tonne tous les deux.

Merci, c'est très gentil. Voyez comment ils sont dans ma famille. Enfin... dans la famille d'Ellie. Mais, vous comprenez ce que je veux dire.

Et Ellie, bien sûr, au bord de la crise de nerfs. Folle de rage.

   – C'est affreux. Affreux, je ne peux pas croire que Tuffy ait fait une chose pareille. Thumper habite à côté depuis des années et des années.

   Évidemment, Thumper était un ami. Je le connaissais bien.

Elle s'est tournée vers moi.

– Tuffy ! Ça ne peut plus durer. Ce pauvre, pauvre petit lapin. Regarde-le.

Et Thumper était plutôt en désordre, je le reconnais. Il n'était plus que boue. Boue et herbe, en fait. Il avait aussi tout un tas de petites brindilles et de trucs plantés dans son pelage. Et il avait une traînée de gras sur une oreille. Mais personne, après avoir été traîné à travers un jardin, une haie, un autre jardin et, pour finir, dans une chatière fraîchement huilée, n'a l'air sur son trente et un.

De toute façon Thumper n'en avait rien à faire de l'allure qu'il avait. Il était mort.

Et pourtant, c'est bien ce qui tracassait les autres. Ça les tracassait même *beaucoup*.

— Qu'est-ce qu'on va faire ?

— C'est épouvantable, les voisins ne nous adresseront plus jamais la parole.

— Il faut qu'on trouve quelque chose.

Et ils ont trouvé. Je dois dire que leur plan était parfait, à tous points de vue. D'abord, le père d'Ellie a repris le seau, qu'il a rempli d'eau chaude savonneuse. Il m'a lancé un de ses petits coups d'œil, pour que je me sente coupable de le faire plonger les mains dans le savon deux fois dans la même semaine. Je me suis contenté de le gratifier de mon regard « je-ne-suis-pas-du-tout-impressionné ».

Ensuite, la mère d'Ellie a immergé Thumper dans le seau, lui a donné un bon bain et l'a rincé. L'eau avait une couleur marron, plutôt déplaisante. Pas étonnant avec toute cette boue.

Puis, l'air furieux, comme si tout était ma faute, ils l'ont installé dans l'évier et ont recommencé à le couvrir d'eau savonneuse.

Ellie pleurnichait toujours, bien sûr.

– Arrête un peu, Ellie, lui a dit sa mère. Ça commence à me taper sur les nerfs. Va plutôt chercher le sèche-cheveux, si tu veux te rendre utile.

Alors, Ellie s'est traînée jusqu'à l'étage, tout en continuant à brailler.

J'ai pris position sur le buffet pour les regarder.

Quand ils en ont eu fini avec le pauvre Thumper, ils l'ont remis à faire trempette dans le seau.

Encore heureux, il n'était plus vraiment lui. Il aurait détesté toute cette toilette.

Et quand enfin, l'eau est restée claire,
ils l'ont sorti et égoutté.

Ensuite, ils l'ont laissé tomber sur un journal et ont confié le sèche-cheveux à Ellie.

– À toi maintenant. Fais-lui un beau brushing.

C'est ce qu'elle a fait, croyez-moi. Ellie pourrait devenir un as de la coiffure, à voir son brushing. Je dois reconnaître que jamais Thumper n'avait été aussi beau. Et pourtant, il habitait le clapier d'à côté depuis des années et je le voyais tous les jours.

– Salut, Thump.

Je lui faisais toujours un signe de tête quand je flânais sur la pelouse pour aller vérifier les bols de nourriture, plus bas dans la rue.

– Salut, Tuff, me répliquait-il en fronçant le nez.

Oui, nous étions de bons camarades. Nous étions copains. Et c'est pour ça que j'ai été ravi de le voir si bien pomponné et élégant quand Ellie en a eu fini avec lui.

Il était superbe.

– Et maintenant ? a demandé le père d'Ellie.

Alors là, la mère d'Ellie lui a lancé un de ces regards – le genre de regard auquel j'ai souvent droit, mais en un peu plus gentil.

– Ah non ! a-t-il supplié. Pas moi. Non, non, non.

– C'est toi ou moi. Et je me vois mal y aller, non ?

– Pourquoi pas ? Tu es plus mince que moi. Tu pourras plus facilement te glisser à travers la haie.

C'est là que j'ai compris ce qu'ils

avaient en tête. Mais qu'est-ce que je pouvais bien dire ? Comment les empêcher ? Leur expliquer ?

Je ne pouvais rien faire. Je ne suis qu'un chat.

Et donc je regardais.

Vendredi

J'ai noté vendredi parce qu'il était très tard quand ils sont sortis. L'horloge marquait minuit passé quand le père d'Ellie a abandonné son confortable fauteuil devant la télé pour monter à l'étage. Lorsqu'il est redescendu, il était entièrement vêtu de noir. Des pieds à la tête.

– Tu ressembles au Chat botté, a fait remarquer la mère d'Ellie.

– Si seulement quelqu'un pouvait botter notre chat, a-t-il marmonné.

Je l'ai ignoré. Je pense que c'était le mieux.

Ensemble, ils se sont diri-
gés vers la porte de derrière.
   – N'allume pas dehors,
a-t-il dit. On ne sait jamais, si
quelqu'un nous voyait.

J'ai essayé de me faufiler dehors en
même temps, mais la mère d'Ellie m'a
barré le passage avec sa jambe.

   – Toi, ce soir, tu restes à l'intérieur.
On a déjà eu assez d'ennuis comme ça
cette semaine.

   D'accord. De toute façon, Bella, Tiger
et Pusskins m'ont tout raconté, plus tard.
Ils m'ont tout expliqué. Ce sont de bons
copains. Ils ont tous vu le père d'Ellie
ramper sur la pelouse, avec Thumper dans
son cabas bien enveloppé dans une ser-
viette pour qu'il reste tout propre. Ils
l'ont tous vu se frayer un chemin dans le

trou de la haie et se traîner à plat ventre sur la pelouse d'à côté.

— On comprenait pas du tout ce qu'il était en train de faire, m'a dit plus tard Pusskins.

– Tout ce qu'il faisait, c'était abîmer le trou dans la haie, grogna Bella. Il est tellement gros maintenant que le berger allemand des Thompson pourrait y passer sans problème.

– Le père d'Ellie doit très mal y voir la nuit, a renchéri Tiger. Il lui a fallu une éternité pour trouver le clapier dans le noir.

– Et pour forcer la porte.

– Et pour faire rentrer le pauvre Thumper.

– Et pour l'installer soigneusement sur son lit de paille.

– Et bien roulé en boule.

– Et bien entouré avec de la paille.

– Comme s'il dormait.

– Il avait l'air vivant, a fait Bella. J'aurais pu m'y laisser prendre. Si quelqu'un était passé à ce moment-là, il aurait pu croire que ce pauvre vieux Thumper était mort, heureux et en paix, de vieillesse, pendant son sommeil.

Et ils se sont tous mis à miauler de rire.

— Chut! je leur ai dit. Doucement, les gars. Ils vont entendre et je ne suis pas supposé être dehors ce soir. Je suis puni.

Ils se sont tournés vers moi.

— Arrête, qu'est-ce que tu racontes?

— Puni?

— Mais pourquoi?

— Pour meurtre. Lapincide avec préméditation.

Et ils se sont tous remis à rire. Et ça miaulait, et ça miaulait. La dernière chose que j'ai entendue avant qu'on se mette en route pour Beechcroft Drive,

c'est une des fenêtres des chambres s'ouvrir et le père d'Ellie qui criait :

    – Comment as-tu fait pour sortir, sale
bête ?

    Qu'est-ce qu'il comptait faire ?
Condamner la chatière ?

Toujours vendredi

Oui, il a cloué la chatière. Il est pas croyable, ce gars-là. Il est descendu, et toujours en pyjama, il a commencé à jouer du marteau et des clous.

Pan, pan, pan, pan !

Je lui faisais mon regard fixe. Mais il s'est retourné vers moi et m'a dit :

– Voilà. Ça t'apprendra. Maintenant ça s'ouvre dans ce sens-là – et il a donné un coup de pied dans la chatière. Mais ça ne s'ouvre plus dans l'autre.

Et, pour sûr, quand la trappe essaie de

revenir en arrière, elle ne peut plus : elle vient taper contre un clou.

– Donc, tu peux sortir. Ne te gêne surtout pas. En fait, tu peux non seulement sortir, mais rester dehors, te perdre, ou disparaître à tout jamais. Mais si tu reviens un jour, ne t'avise pas de rapporter quelque chose. Maintenant ta chatière est à sens unique et tu devras patienter sur le paillasson jusqu'à ce que quelqu'un veuille bien t'ouvrir.

Il a plissé les yeux d'un air désagréable.

– Malheur à toi, Tuffy, si un animal mort te tient compagnie sur le paillasson.

Malheur à toi ! Quelle expression stupide ! Qu'est-ce qu'il veut dire, au fait ? Malheur à toi !

Malheur à lui, oui.

Samedi

Je déteste les samedis matin. C'est très inquiétant toute cette agitation, les portes qui claquent, les « c'est toi qui as pris le porte-monnaie ? », les « où est la liste des courses ? » et les « on doit acheter des boîtes pour le chat ? ». Bien sûr qu'il faut des boîtes pour le chat. Qu'est-ce que je suis supposé manger toute la semaine ? Du vent ?

Ils étaient plutôt calmes ce jour-là. Installée à la table, Ellie gravait, pour Thumper, une assez jolie pierre tombale dans un reste de carreau en liège.

Thumper
Repose en paix

– Ne te dépêche pas de l'apporter aux voisins, lui a conseillé son père. Pas avant qu'ils nous aient prévenus de la mort de Thumper.

Certaines personnes sont nées sensibles. Les yeux d'Ellie se sont remplis de larmes.

– Tiens, voilà la voisine, a annoncé la mère d'Ellie qui regardait par la fenêtre.

– Et où elle va ?

– Vers les magasins.

– Bon, si on reste assez loin derrière, on peut conduire Tuffy chez la vétérinaire sans la rencontrer.

– Tuffy ? La vétérinaire ?

Ellie était encore plus terrorisée que moi. Elle s'est jetée sur son père et l'a frappé avec ses petits poings.

– Papa ! Non ! Tu n'as pas le droit !

Grâce à mes griffes, j'ai été plus efficace dans la bataille. Quand il a fini par me sortir de force du placard sous l'évier, il avait le pull déchiré et les mains en sang.

Il n'était pas vraiment content.

– Viens un peu ici, affreux psychopathe à fourrure. Tu as seulement rendez-vous pour le vaccin anti-grippe, et c'est bien dommage.

Vous l'auriez cru, vous ? Je n'en suis pas vraiment sûr. Ellie ne l'était pas non plus, elle ne lâchait pas son père d'une semelle. Je me méfiais toujours, une fois arrivé chez la vétérinaire. C'est pour

cette seule raison que j'ai craché sur la
jeune fille à la réception. Elle n'avait
aucun motif de noter en tête de mon
dossier À MANIPULER AVEC PRÉCAUTION.

Même sur le dossier du berger allemand des Thompson, il n'y a pas À MANIPULER AVEC PRÉCAUTION.

Alors, qu'est-ce que j'ai de spécial, moi ?

Certes, je me suis montré un peu impoli dans la salle d'attente. Et alors ? Je déteste attendre. Et surtout, je déteste attendre coincé dans une cage grillagée. On n'a pas la place de se retourner. Il fait chaud. Et on s'ennuie. Après être resté tranquille pendant quelques centaines de minutes, n'importe qui commence à taquiner ses voisins. Je ne voulais pas terroriser le petit bébé gerbille malade. J'étais juste en train de le regarder. On est libre ici, non ? Est-ce qu'un chat n'a pas le droit de regarder un joli petit bébé gerbille ?

Et si je me léchais les babines (ce qui n'était pas le cas), c'est que j'avais soif, je vous jure. Je n'essayais pas de lui faire croire que j'allais le manger.

Le problème avec les bébés gerbilles, c'est qu'ils n'ont pas le sens de l'humour.

D'ailleurs, les gens qui se trouvaient là ne l'avaient pas non plus.

Le père d'Ellie a levé les yeux de sa brochure intitulée *Animaux domestiques et vers*. Très sympathique, vraiment.

– Retourne la cage, a-t-il demandé à Ellie.

Ellie a retourné la cage.

Maintenant, je voyais le terrier des Fischer. Et si un animal mérite la mention À MANIPULER AVEC PRÉCAUTION sur son dossier, c'est bien le terrier des Fischer.

Bon d'accord, je lui ai sifflé dessus. Pas fort du tout. Il fallait avoir des oreilles bioniques pour l'entendre.

Et j'ai aussi un peu grogné. Mais pour le grognement, il a l'avantage.

Lui, c'est un chien. Moi, je ne suis qu'un chat.

Et oui, d'accord, j'ai un peu craché. Mais si peu. Rien qu'on ne remarque, sauf si on est sur le dos de quelqu'un.

Bon, comment je pouvais le savoir, moi, qu'il n'allait pas très bien ? Tous ceux qui attendent ne sont pas obligatoirement malades. Je n'étais pas malade, moi. En fait, je n'ai jamais été malade. Je ne sais même pas ce que c'est.

Mais je pense que, même si j'étais mourant, une boule de poils enfermée dans une cage et m'adressant un tout petit petit cri, ne me ferait pas filer en pleurnichant et en tremblant sous la chaise de ma maîtresse, bien à l'abri sous ses jupes.

C'est plus une poule mouillée qu'un scotch-terrier, si vous voulez savoir ce que j'en pense.

   – Vous ne pourriez pas tenir votre horrible chat ? a demandé méchamment Mme Fischer.

Ellie a pris ma défense.

– Mais enfin, il est en cage !

   – Ça ne l'empêche pas de terroriser la moitié des animaux dans cette salle. Vous ne pouvez pas faire quelque chose, l'isoler ?

Ellie, je dois le dire, a continué à me défendre. Mais sans même lever les yeux de sa brochure sur les vers, son père a jeté son imperméable sur ma cage, comme si j'étais un vieux perroquet galeux.

Et je me suis retrouvé dans le noir.

Rien d'étonnant à ce que je n'aie pas été vraiment d'humeur quand la vétérinaire s'est approchée avec son aiguille horriblement longue. Pourtant, je n'avais pas prévu de la griffer si fort.

Ni de casser toutes ses petites bouteilles de verre.

Ni de faire tomber de la table la toute neuve et très chère balance pour chats. Ni de renverser tout le désinfectant.

Mais ce n'est pas moi qui ai déchiré ma fiche en mille morceaux. Non, c'est la vétérinaire.

Quand nous sommes partis, Ellie pleurait, une fois de plus. Décidément, certaines personnes sont très émotives. Elle serrait la cage tout contre elle.

– Oh, Tuffy, jusqu'à ce qu'on trouve un nouveau vétérinaire, on va prendre bien soin de toi. Et toi, tu dois faire très attention à ne pas te faire écraser.

– Y a pas de risque ! dit le père d'Ellie entre ses dents.

J'étais en train de lui lancer un regard

noir depuis ma cage grillagée quand on a aperçu la mère d'Ellie, avec une montagne de sacs de commissions devant le supermarché.

– Vous êtes très en retard. Il y a eu un problème chez la vétérinaire ?

Ellie a éclaté en sanglots. Non, mais c'est vraiment une mauviette. Son père, lui, est d'une autre trempe. Il a inspiré profondément, tout prêt à parler pour me dénoncer, mais il y a renoncé. Du coin de l'œil, il venait d'apercevoir un autre problème.

– Allez, vite, a-t-il chuchoté. La voisine vient de passer à la caisse.

Il a empoigné la moitié des sacs. La mère d'Ellie s'est chargée du reste. Mais elle a franchi les portes vitrées avant qu'on ait eu le temps de s'enfuir.

Et maintenant, ils étaient tous les quatre obligés de bavarder.

– Bonjour, a dit la maman d'Ellie.

– Bonjour, a répondu la voisine.

– Belle journée, a observé le père d'Ellie.

– Superbe, a ajouté la voisine.

– Bien plus agréable qu'hier, a renchéri la mère d'Ellie.

– Oh oui ! a affirmé la voisine. Hier, c'était une horrible journée.

Elle devait juste faire allusion au temps, pour l'amour du ciel.

Mais Ellie a fondu en larmes. Je ne comprends pas pourquoi elle aimait autant Thumper.

C'est moi son seul animal familier, pas lui.

Et comme elle ne voyait plus vraiment où elle allait, elle a bousculé sa mère et la moitié des boîtes de conserve pour chats sont tombées et ont dévalé la rue.

Ellie a posé ma cage sur le sol pour se lancer à leur poursuite. Et c'est alors

qu'elle a commis l'erreur de lire l'éti-
quette.

– Oh non! avec des morceaux de
lapin, a-t-elle pleurniché.

Vraiment, cette enfant est une vraie
fontaine. Elle ne pourra jamais faire par-

tie de notre bande. Elle ne tiendrait pas une semaine.

— À propos de lapin, a fait la voisine. Il est arrivé une chose incroyable.

— Ah bon ? a dit le père d'Ellie, tout en me lançant un regard furieux.

— Vraiment ? a insisté la mère d'Ellie avec le même regard furieux.

— Eh bien voilà, a commencé la voisine. Lundi, le pauvre Thumper était un peu malade, donc nous l'avons installé dans la maison. Mardi, son état a empiré. Et mercredi, il est mort. Il était très vieux, et il a eu une belle vie. Donc on n'a pas été trop tristes. Et on l'a enterré au fond du jardin.

Je me mis à regarder vers les nuages.

— Et jeudi, il a disparu.

— Disparu ?

— Disparu ?

— Oui, c'est ça, disparu. Tout ce qui restait, c'était un trou dans la terre et la boîte, vide.

— Non !

— Ça alors !

Le père d'Ellie m'a adressé un regard des plus soupçonneux.

— Et puis vendredi, a repris la voisine, il est arrivé quelque chose d'encore plus extraordinaire. Thumper était de retour. Tout bien toiletté, dans son clapier.

— De retour dans son clapier, vous dites ?

— Tout bien toiletté. C'est vraiment bizarre !

On peut au moins leur accorder ça : ce sont de merveilleux acteurs. Ils ont continué jusqu'à la maison.

– Quelle histoire incroyable !
– Comment est-ce possible ?
– Vraiment étonnant !
– Étrange !
Une fois bien à l'abri dans la maison, ils ont tous tourné leur regard vers moi.
– Espèce d'imposteur !
– Nous faire croire que tu l'avais tué !

– Avoir fait semblant tout ce temps !

– Je savais que ce chat n'en était pas capable. Ce lapin était encore plus gros que lui.

Ils voulaient tous que ce soit moi qui aie tué le vieux Thumper, vous y croyez vous ?

Tous, sauf Ellie. Elle, c'est une vraie gentille.

– Arrêtez d'embêter Tuffy ! Laissez-le tranquille. Je parie que ce n'est même pas lui qui a déterré le pauvre Thumper. Je parie que c'est le méchant et horrible terrier des Fischer. Tout ce qu'a fait Tuffy, c'est de nous confier Thumper, afin qu'il puisse être enterré à nouveau dignement. C'est un héros. Un héros attentionné.

Et elle m'a serré dans ses bras.

– C'est bien ça, hein, Tuffy ?

Qu'est-ce que je suis censé répondre ? Je ne suis qu'un chat.

Je n'ai plus qu'à m'installer et à les regarder enlever le clou de la chatière.

Le chat assassin, le retour

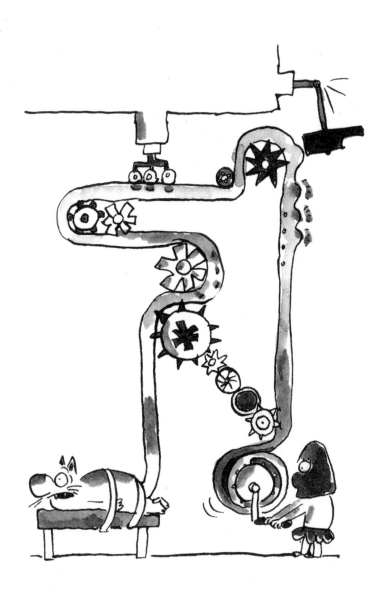

Comment tout a commencé

D'accord, d'accord! Allez-y, donnez-moi une tape sur mes toutes petites pattes duveteuses.

C'est très grave!

Et encore d'accord! Tirez-moi la queue! La folle chevauchée criminelle d'un chat solitaire!

Qu'est-ce que vous allez faire?

Me confisquer ma gamelle et me dire que je suis un très méchant compagnon?

Mais nous, les chats, nous ne sommes pas censés être là, comme les chiens, à faire exactement ce que l'on nous dit de faire, à vous regarder avec dévouement, tout en se demandant s'il est l'heure de vous apporter vos chaussons.

Nous vivons notre vie, voilà ce que nous faisons, nous les chats. Et j'aime vivre ma vie. Et une chose que je ne supporte pas, c'est de gaspiller les jours et les nuits où la famille est en vacances.

– Oh, Tuffy ! pleurniche Ellie en m'écrasant le museau pour me dire au revoir. (Je la regarde du coin de l'œil, calmement : Attention, Ellie, pas trop de câlins ou tu vas recevoir un coup de griffe en guise d'au revoir.)

– Oh, mon Tuffy, nous partons pour toute une semaine !

Une semaine ! Mot magique ! Une semaine entière à lézarder au soleil dans les parterres de fleurs sans la mère d'Ellie qui me crie :

– Tuffy ! Sors de là ! Tu écrases toutes mes fleurs !

Une semaine à fainéanter sur la télé sans le père d'Ellie qui me harcèle :

– Tuffy ! Range ta queue ! Elle pend juste devant les poteaux du but !

Et surtout, le meilleur, une semaine sans être attrapé, installé dans le couffin des voisins, caressé et dorloté par Ellie et son amie, Mélanie la sentimentale :

– Oh, tu as de la chance, Ellie. J'aimerais tant avoir un petit animal comme Tuffy. Son poil est si doux.

Bien sûr que mon poil est doux. Je suis un chat.

Et je suis intelligent aussi. Suffisamment intelligent pour comprendre que ce n'est pas Mme Tanner qui va faire du maison-chat-sitting comme d'habitude…

– … Non, elle doit aller d'urgence chez sa sœur dans le Dorset… Alors, si vous connaissez quelqu'un qui pourrait… Seulement pour six jours… Eh bien, pourquoi pas… Vous êtes sûr, pasteur ? Si vous êtes à l'aise avec les chats…

On se moque de savoir si le pasteur est à l'aise avec les chats. C'est moi le chat ! C'est moi qui dois être à l'aise avec lui.

Doux, pas si doux foyer

Voilà M. Tout-est-toujours-impeccable-chez-moi !

— Pousse-toi de ces coussins, Tuffy. Je ne pense pas que se prélasser sur le canapé soit une occupation de chat.

Et qu'est-ce que je suis censé faire ? Passer un coup de balai ? Pianoter sur l'ordinateur dans la pièce d'à côté ? Bêcher le jardin ?

— Tuffy, arrête de te faire les griffes sur ce meuble.

Ohé ! C'est la maison de qui ici ? La sienne ? Ou la mienne ? Si je veux me faire les griffes sur les meubles, je me fais les griffes sur les meubles.

Et surtout, le pire :

— Non, Tuffy, je n'ouvrirai pas une nouvelle boîte tant que tu n'auras pas fini celle-ci.

Je jette un coup d'œil rapide à « celle-ci ». Elle est dure. Elle est pleine de grumeaux. C'est la gamelle d'hier.

Et je ne la mangerai pas.

Je m'en vais. La dernière chose que j'entends, c'est le pasteur Barnham qui m'appelle :

— Reviens finir ton dîner !

Dans ses rêves ! Je suis de sortie. Je retrouve ma bande, Tiger, Bella et Puss-kins, et je leur annonce que je n'ai pas

dîné. Eux aussi ont faim. Alors, on s'installe sur le mur et on miaule pour savoir
où aller dîner.

– Envie de poivrons sur
les restes d'une pizza ?

– Du poisson sans les
frites ?

– Un bout de steak ?

– Du bœuf sauté
sans sauce soja ?

On opte pour du chinois. (J'adore leurs pattes de canard !) Tiger commence, sans se presser, une tournée des odeurs de l'allée, afin de trouver la bonne adresse. Et nous jouons à « Déchire les sacs ». (Nous gagnons tous à ce jeu-là.) Voilà un dîner sur le mur fort agréable.

— Quel goût !

— Délicieux !

— Très bon choix. Voilà une famille où on n'a pas peur de gâcher la nourriture.

Tout le contraire de mon ami le pasteur. Le lendemain matin, il me représente ma gamelle toute sèche.

— Tuffy, je n'ouvrirai pas une nouvelle boîte. Si tu avais vraiment faim, tu mangerais ce que je te présente.

Ah bon, je mangerais. Je ne crois pas.

Pendant qu'il attend que je me décide à manger, il jette un coup d'œil par la fenêtre.

– Regarde-moi ce désordre dans le jardin ! Des papiers d'emballage gras ! Des boîtes en carton de nourriture à emporter ! Et ces affreux miaulements qui m'ont tenu éveillé jusqu'au petit matin. Ce soir, tu es privé de sortie.

Je suis peut-être sourd aux remarques continuelles, mais j'ai des oreilles. Merci de me prévenir, pasteur ! Je me faufile à l'étage et je tapote le loquet de la petite fenêtre de la salle de bains jusqu'à ce qu'il soit exactement comme je veux : suffisamment baissé pour avoir l'air fermé comme hier et suffisamment relevé pour que, d'un seul coup de patte, je puisse ouvrir la fenêtre.

Et, pour le désordre dans le jardin, pas touche, c'est mon petit déjeuner.

Grosse erreur !

D'accord, d'accord ! Je l'avoue, ce n'est pas très sympathique d'avoir organisé notre radio crochet juste sous la fenêtre du pasteur. Bella nous a interprété « Si beau-ooooo rêveur » ; Tiger « En route pour la Nouvelle-Orléans-aaaaaaans ». Pusskins, a choisi une chanson tyrolienne. Et moi, j'ai présenté ma merveilleuse imitation d'Ellie-se-coinçant-les-doigts-dans-la-portière-de-la-voiture.

Mais bon, rien qui justifie que le pasteur se mette dans un tel état.

– Si je vous attrape, je vous transforme en chair à saucisse !

Je ne suis pas rentré de bonne heure. Mais tout le monde a besoin d'un peu de repos, donc j'ai fini par laisser les gars et je suis rentré. Un petit matin magnifique. La seule ombre au tableau : lui. Trois rues avant d'arriver, je l'entends.

– Tuffyyyyy ! Tuffyyyyyyyyy !

Je me faufile à l'ombre de la haie des voisins. Mélanie pointe son nez par-dessus la haie.

– Excusez-moi, pasteur Barnham, est-ce que ça marche, la prière ?

Il la dévisage comme si elle lui avait demandé : est-ce que les trains mangent de la crème renversée ?

Mélanie insiste.

– Vous dites toujours : et maintenant prions. Eh bien, est-ce que ça marche ?

– Est-ce que ça marche ?

– Oui, est-ce que les gens, en échange de leur prière, reçoivent quelque chose ? Si je prie très très très fort pour quelque chose, est-ce que je vais l'avoir ?

– Quel genre de chose ? interroge le suspicieux pasteur.

Mélanie joint ses mains.

– Un petit animal rien que pour moi, à cajoler. Un petit animal, à poils, doux et chaud, comme Tuffy qui se faufile de votre côté de la haie.

Merci Mélanie ! Je déguerpis. Il me poursuit. Et, au lieu de sauter sur le pommier, comme je fais tout le temps, je bondis sur la poignée de la tondeuse à gazon, et je grimpe dans le poirier.

Et quand vous arrivez au sommet, deux choix s'offrent à vous…

1. Vous pouvez sauter depuis la plus haute branche, à travers la petite fenêtre fermée de la salle de bains. (Ouh ! Ouh ! Ouh ! Ma meilleure issue de secours a été repérée !)

2. Vous pouvez redescendre, sauter depuis la branche la plus basse sur la poignée de la tondeuse, et puis dans l'herbe.

Mais mon saut de l'ange a renversé la tondeuse, et cette solution doit aussi être abandonnée.

Coincé dans mon arbre !

Je dois le reconnaître : il a tout essayé. Les gouzis gouzis. Les cajoleries. Les câline-ries. (Vous me direz qu'il n'y a pas beau-coup de différence entre cajoleries et câlineries, c'est vrai, mais câlineries est plus geignard.)

Les menaces.

– Tu vas rater ton dîner, Tuffy. (Je tremble ! Vu ce qu'il m'offre pour le dîner !)

Et puis la méchanceté.

– Tu peux rester pourrir sur ton arbre, Tuffy ! (Charmant !)

Je ne joue pas la comédie, je suis complètement coincé. Je n'ai pas décidé de passer la moitié de la matinée, coincé sur l'arbre, à écouter d'un côté le pasteur ronchonner et ronchonner…

– Tuffy, descends tout de suite, immédiatement !

… et de l'autre Mélanie à genoux, les mains jointes, les yeux fermés, prier et prier…

– S'il vous plaît, apportez-moi quelque chose à poils, doux comme le Tuffy d'à côté, à mettre dans mon couffin, à câliner. Je lui donnerai mon coussin le plus confortable pour qu'il dorme dessus, et je lui donnerai du thon frais et de la crème pour dîner.

Du thon frais ! De la crème ! Est-ce que la petite Mélanie sait que j'ai sauté le petit déjeuner ?

C'est un supplice de l'écouter. Je repars de l'autre côté de l'arbre. (Qui m'en voudrait ?)

Le pasteur aussi a faim. Il abandonne les menaces et rentre se préparer un petit déjeuner. (Pas des restes d'hier pour lui, je le note. Une odeur de saucisses et de bacon.)

On dit que le petit déjeuner, c'est bon pour le cerveau. Effectivement, son petit déjeuner a augmenté sa matière grise. Le voilà de retour dans le jardin, un tabouret sous le bras. Il grimpe dessus. Mais il ne peut toujours pas m'atteindre. Je ne fais pas le difficile. Je veux vraiment descendre. S'il arrive à monter assez haut,

je suis même prêt à sauter dans ses bras. (Je le grifferai peut-être un peu au passage, mais bon, les chats sont connus pour leur ingratitude !)

J'essaye de l'aider de mon mieux. J'avance vers lui, le long de la branche. Mais la branche s'affaisse. (Ah, les régimes ! Pas toujours facile de s'y tenir !) Et, plus j'avance, plus la branche est mince. Je la sens plier sous mon poids, j'ai l'impression d'être sur une piste de ski.

Je n'ose pas aller plus loin.

Il me semble que voir la branche plier sous mon poids a donné une idée au pasteur...

Génie !

Il disparaît dans le garage, trouve une longue corde et revient sous mon arbre. Le voilà sur un tabouret. Il envoie la corde autour de ma branche.

– Bon, bon, dit-il d'un air sévère, un nœud coulant !

Je miaule. Est-ce qu'il pense à me pendre ? Ce n'est pas souvent que je regrette de ne pas savoir parler, mais à cet instant précis, je voudrais pouvoir me précipiter vers Mélanie et lui faire une suggestion : eh, mon petit. Arrête immédiatement tes prières pour ton truc doux et câlin, et téléphone à la police. Le pasteur essaye de me tuer !

Il marmonne tout en faisant son nœud coulant.

– Une boucle et je passe ma corde, une boucle et je repasse ma corde.

(Je miaule encore et encore.)

Il tire sur son nœud, bien serré, il tire sur la corde. J'enfonce mes griffes dans la branche. La branche descend vers lui, mais pas assez bas. Il ne peut toujours pas m'attraper.

Il essaye encore une fois. La branche s'affaisse encore un peu. (Je suis à deux doigts de tomber.) Mais ce n'est toujours pas assez bas.

– Saute ! Mais saute les derniers centimètres, Tuffy !

Je lui lance un regard noir.

– Poule mouillée !

D'accord, d'accord !

Je lui crache dessus. Vous ne m'approuvez pas ? Il m'a traité de poule mouillée ! C'est comme s'il m'avait dit :

– Vas-y, Tuffy, crache-moi dans l'œil !

Alors, c'est ce que j'ai fait.

Il me lance un regard noir.

Et là – oh, j'en ai la chair de poule ! – le regard noir se transforme en sourire.

– Ah ! Ah ! dit-il.

Laissez-moi vous dire que les gens qui ne vous aiment pas vraiment ne devraient pas vous dire «Ah ! Ah ! ». Ceux qui ne se sentent pas vraiment aimés se sentent tout à coup très inquiets.

Surtout quand ils sont coincés dans un arbre.

– Ah ! Ah ! dit-il en se précipitant vers le garage.

Et il en ressort au volant de la voiture. Pendant un instant, un instant à vous glacer le sang, je pense qu'il va abattre mon arbre. Mais il s'arrête et descend de voiture.

Il attache l'autre extrémité de la corde sur le pare-chocs arrière.

– Parfait ! dit-il en admirant son bricolage. Je pense que c'est suffisamment solide pour que la branche touche le sol.

J'arrête mes miaulements plaintifs. Tout à coup, surgit l'espoir de descendre de cet arbre avant mes vieilles années.

Pour être honnête, je trouve son plan de sauvetage brillant.

Cet homme est un génie. Je suis impressionné.

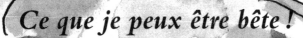

Ce que je peux être bête !

Ce que je peux être bête ! Ne vous méprenez pas. Le plan a très bien fonctionné, dans un premier temps. Hou ! Peuh ! Il est remonté dans la voiture, a mis le contact, et s'est éloigné de l'arbre à zéro kilomètre heure.

Tout doucement.

Tout doucement.

Jusqu'à ce que la corde soit tendue. La branche s'affaisse comme de bien entendu.

Plus bas.

Plus bas.

Jusqu'à ce que mon retour sur la terre ferme ne soit plus qu'une petite promenade.

– Parfait ! Je peux y arriver. Saucisses oubliées et couennes de bacon, me voilà !

Je débute ma descente.

À petits pas.

À petits pas.

Jusqu'à ce que son pied glisse sur la pédale.

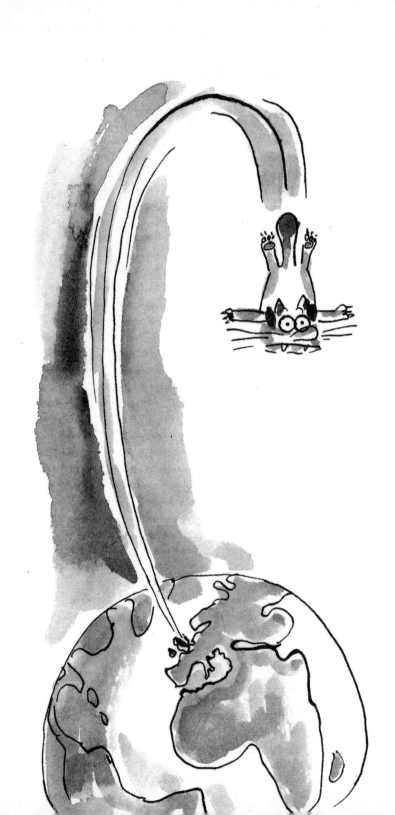

La voiture fait un bond en avant. La corde se brise net. La branche se transforme en une catapulte-feuillue-géante et moi, en chat-volant.

Waaaaooouuuu ! Admirez le spectacle ! Un arc de cercle parfait au-dessus de la cime de l'arbre. (Je n'ai pas tellement envie de recommencer, mais laissez-moi vous dire que la vue de là-haut est spectaculaire. Époustouflante ! Vous voyez aussi loin que les usines à gaz.)

Mais après, forcément, la seule issue, c'est… *tomber.*

Splash !

Splash !

Directement dans le couffin en osier de Mélanie.

D'accord, d'accord ! Il n'y a pas de quoi sortir vos mouchoirs ! Oui, j'ai écrasé quelques petites bêtes que l'on n'a pas si envie que ça de caresser, qui donnent plutôt la chair de poule. D'ailleurs, je n'ai pas fini d'enlever tous les cadavres de mes poils. Et puis, je ne vois pas comment toutes ces fourmis auraient eu le temps de s'échapper du coussin.

Le bruit de mon atterrissage sort Mélanie de sa prière.

Elle ouvre les yeux, elle me voit dans son panier, elle est au paradis.

– Oh, merci, merci, dit Mlle Stupide et Sentimentale. Merci de m'avoir envoyé exactement ce que je voulais, quelque chose à la douce fourrure que je peux câliner, exactement comme Tuffy.

Exactement comme Tuffy ?

Qu'est-ce qu'elle croit ? Que j'arrive tout droit du paradis ? Est-ce que cette fille est un peu dérangée ?

Mais bon. Ne soyons pas méchant avec Mélanie. J'aurais pu tomber dans un endroit beaucoup moins hospitalier que son petit couffin avec coussin.

Elle me conduit chez elle et tient ses promesses. Crème ! Thon. (Et vous pensiez que j'allais m'éclipser vers ma maison pour retrouver quelques boulettes vieilles de trois jours ?)

Elle s'assoit, me caresse et me cherche un nom.

– Minet-minou ?

Si tu veux que je vomisse sur ton coussin à chaque fois que tu prononceras mon nom, continue comme ça.

– Mon petit-bébé-à-croquer ?

Vas-y. Et je te griffe, fort.

– J'ai trouvé. Je vais t'appeler Jeannette.

Jeannette ? Elle vient de quelle planète ? Premièrement, je suis un garçon. Deuxièmement, est-ce que j'ai déjà – est-ce que vous avez déjà – entendu quelqu'un, quelque part, appeler son chat Jeannette ?

Après tout, la crème est fraîche. Le thon délicieux.

Jeannette ne bouge plus. Jeannette est au chaud, bien nourrie, bien installée.

Jeannette s'installe.

Gentil petit minou

Allez-y ! Ricanez ! Je ne ressemble plus du tout à un chat avec ce bonnet en dentelle. La chemise de nuit de poupée est trop grande pour moi. Qu'est-ce que vous allez faire ? Me décerner le prix du chat le moins bien habillé ?

J'aime être Jeannette. Les repas sont au nombre de trois par jour. (Trois fois par jour ! Cette chemise de nuit m'ira parfaitement bien la semaine prochaine.) Petits morceaux de steak, de haddock, de poulet bien maigre ou de saucisses. Imaginez ce que vous aimez manger le plus au monde, et imaginez des petits doigts qui vous donnent à manger, petite bouchée par petite bouchée, et là vous comprendrez pourquoi je me suis installé.

La seule ombre au tableau, ce sont les cris incessants du jardin d'à côté.

– Tuffy, Tuffyyyy !
Où es-tu ?

Mélanie me dépose gentiment dans mon panier en osier, se dresse sur la pointe des pieds et regarde de l'autre côté de la haie.

– Le pasteur continue de chercher, me dit-elle tristement. Pauvre Tuffy ! Il a disparu. J'espère qu'il a trouvé un endroit confortable, au sec, et qu'il est bien nourri.

Je ronronne.

Elle se retourne vers moi.

– Oh, Jeannette ! Je suis si contente que tu sois là !

Elle me serre très fort, je lui adresse un petit miaulement préventif. Pas très prudent de faire ça sous le nez de quel-qu'un qui cherche un chat.

La tête du pasteur apparaît.

– Tu l'as trouvé ?

Je reste très sage dans mon panier.

Mélanie est très gentille, mais pas très intelligente.

– De qui parlez-vous ?

– De Tuffy !

– Non, c'est mon chat qui vient de miauler. Jeannette.

– Jeannette ?

– C'est un cadeau.

Je suis bien content qu'elle n'ait pas dit : c'est un cadeau du ciel. Le pasteur aurait trouvé cela plus que suspect. Déjà qu'il me dévisage…

Démasqué ! Je minaude dans le panier.

La chemise de nuit et le bonnet le déroutent un peu. Mais il insiste.

— Il ressemble beaucoup à Tuffy, ton chat.

Je ronronne très amicalement.

— Mais ce n'est pas Tuffy ! Tuffy ne ronronne jamais.

(Pas en ta présence, ça c'est sûr, mon pote !)

Les yeux du pasteur s'éclairent.

— Tu permets que je fasse juste un petit test pour que l'on soit bien sûr que ce n'est pas Tuffy ?

Il franchit la grille et m'attrape.

Un test ? Une épreuve plutôt !

Certains doivent marcher sur des pierres brûlantes.

D'autres sont envoyés sept ans en voyage.

D'autres encore doivent partir faire fortune.

Et même certains tuent des dragons et doivent trouver le Saint-Graal.

Mais personne n'a subi une telle épreuve.

Il me sort du panier.

Il me tient en l'air.

Il me regarde droit dans les yeux. (Je ne sourcille pas.)

Il dit :

– Jolie minette ! Mignonne, si mignonne minette !

Il dit encore :

– Si gentille petite minette !

Il conclut :

– Une très jolie et intelligente petite chatte, donc ?

Et ma seule réponse : un ronron.

Il me repose dans mon panier.

– Tu as raison, Mélanie, ce n'est pas

Tuffy. Je me demande comment j'ai pu penser une seule seconde que c'était Tuffy.

Ouf!

Encore un peu de crème. Encore un peu de thon. Je suis prêt.

Avoir du flair

Reconnaissez-le, soyez honnête ! Vous non plus vous ne seriez pas rentré chez vous. Vous seriez resté une semaine, comme moi, à vous faire dorloter, à devenir de plus en plus gros.

Le samedi soir, me voilà aussi gros qu'une barrique. Les coutures de la chemise de nuit cèdent par endroits. Je suis boudiné dans ma chemise de nuit.

Et c'est le moment que choisit la bande pour me rendre visite.

Ils jettent un coup d'œil dans mon panier.

— Tuffy ? Tuffy, c'est toi ?

Je suis gêné. Je déforme ma voix.

— Non, je suis Jeannette, la cousine de Tuffy.

Bella se penche sur mes bourrelets.

— Et qu'est-il arrivé à Tuffy ? Tu l'as mangé ?

Je leur jette un regard noir.

– Non.

– Alors, où est-il ?

Je hausse les épaules. Le mouvement le plus énergique de la semaine. Les coutures de ma chemise de nuit lâchent, et mes bourrelets se répandent…

– Et tu nous fais un strip-tease ? demande Pusskins. Et il ajoute un très familier : gros lard !

Il donne le signal de départ aux autres :

– Grosse bouboule à poils !

– Gros plein de soupe !

Je fronce les sourcils. J'émets un tout petit son. Vraiment très petit. Plus tard, tout le monde s'accordera à dire que c'est justement ce son qui a tout déclenché.

Je ne suis pas d'accord. Ce n'était même pas un sifflement. Juste un ronron.

J'accuse plutôt Bella. La petite tape était de trop.

— Allons-y, les gars, amusons-nous un peu avec cette grosse boule de poils en attendant le retour de Tuffy !

Alors je la tape vigoureusement.

Elle me tape vigoureusement.

Et le grand combat démarre.

Une grande agitation, un grand désordre de poils, un grand vol de morceaux

de chemise de nuit. À un moment, le lacet du bonnet manque de m'étrangler. Je me tortille, je me dégage, et j'attaque les trois à la fois.

Et puis, soudain, en voyant mon déguisement en lambeaux sur la pelouse, tout le monde comprend.

— Eh, les gars, c'est Tuffy ! C'est notre Tuffy !

— Oh, Tuf, te revoilà !

— Tu es de retour !

Et c'est aussi le moment choisi par Mélanie pour m'apporter mon troisième repas de la journée.

Les gars reculent, avec respect.

— De la crème fraîche, soupire Bella.

— Du vrai thon, chuchote Tiger.

— Beaucoup de thon, dit Pusskins.

Mélanie ne dépose pas le plateau comme à son habitude.

— Tuffy, me demande-t-elle sévère-ment. Qu'est-ce que tu as fait à Jean-nette ?

J'essaye de prendre mon air le plus Jeannette possible, mais sans le bonnet et la chemise de nuit, ça ne marche pas.

Mélanie regarde autour d'elle. Et j'admets que, si vous espériez retrouver votre chat bien-aimé, le spectacle est un peu inquiétant. Des touffes de poils, des bouts de chemise de nuit, partout.

– Oh, Tuffy, Tuffy, tu es un très très vilain chat. Tu as découpé Jeannette en morceaux et tu l'as mangée ! Tu es un monstre !

Les autres tournent les talons, disparaissent et me laissent seul.

– Tu n'es qu'un monstre, Tuffy ! Un monstre ! Un horrible monstre !

Et comment tout s'est terminé

Nous en sommes là quand la voiture apparaît dans l'allée. La famille est de retour.

– Tuffyyyyy ! crie Ellie en m'apercevant de l'autre côté de la haie. Elle m'accueille avec des cris de joie. Mon Tuffyyyy !

Elle aperçoit Mélanie, les yeux pleins de larmes.

– Qu'est-ce qui se passe ?

– Ton chat devrait être en prison, hurle Mélanie. Ton chat n'est pas un chat.

Ton chat est un porc ! Ton chat est un monstre ! Ton chat est un assassin !

Je me retourne, je prends mon air le plus doux, le plus Jeannette.

Ellie ouvre de grands yeux. Elle prend son air sévère, ses yeux se remplissent de larmes.

— Oh, Tuffy, murmure-t-elle, horrifiée. Qu'est-ce que tu as fait ?

Voilà qui me plaît !

Très gentil !

Est-ce que les membres d'une même famille ne sont pas censés prendre soin les uns des autres ? C'est charmant de la part d'Ellie de croire tout de suite le pire, juste parce que sa meilleure amie inonde de ses larmes la pelouse et que quelques bouts de chemise de nuit traînent à droite et à gauche.

J'ai fière allure, je vous le dis. Je fais une sortie remarquée, la tête haute, la queue en l'air… Mauvaise pioche, droit dans les bras du pasteur !

– Je te tiens !

Il m'empoigne avant même que je le remarque derrière le poirier.

– Je t'ai eu !

Et, à cet instant, la mère d'Ellie qui remonte l'allée découvre le pasteur me tenant d'une façon dont un ami des chats ne tiendrait jamais un chat.

Me regardant d'un air qu'aucun ami des chats ne prendrait pour regarder un chat.

Me disant des choses qui, à mon humble avis, ne devraient jamais sortir de la bouche d'un pasteur.

Jamais.

Jamais on ne lui redemandera de faire du chat-sitting.

Cela fait de la peine à quelqu'un ?

Non. Je sais que non.

Au revoir !

La vengeance
du chat assassin

Ce n'est pas mon meilleur profil

C'est ça, c'est ça. Plongez-moi la tête
dans un buisson de houx. Je lance à la
mère d'Ellie un regard noir. Tout est de
sa faute. Elle monopolise mon bout de
canapé. Vous savez, celui au soleil, sur le
coussin tout doux, là où je m'installe
pour regarder par la fenêtre.

Juste en face des oisillons qui quittent
leur nid pour apprendre à voler.

Miam, miam…

Donc, je lui lance un regard noir.
C'est tout ce qu'elle mérite. Ce que je

veux, c'est qu'elle se décale un peu, que je puisse faire la sieste. Nous, les chats, nous avons besoin de faire la sieste. Si je ne fais pas la sieste, je suis de mauvais poil.

Je suis juste là à la regarder. Rien d'autre.

Bon, d'accord. Je la regarde de travers.

Mais elle ne voit rien. Elle est occupée à feuilleter les nouveaux programmes de l'Université du Savoir.

— Qu'est-ce que je pourrais bien faire ? demande-t-elle à Ellie. Tu m'imagines dans quel cours ? Arts plastiques ? Musique ? Les grands courants littéraires ? Danse ? Yoga ?

— Est-ce qu'ils ont des cours pour apprendre à réparer sa vieille voiture ? demande le père d'Ellie. C'est ça que tu devrais faire.

Il a raison. Leur voiture est une honte.
Une calamité. C'est un vieux tacot qui
roule dans un bruit de ferraille et qui
vomit de la fumée. Et ils n'auront jamais,
au grand jamais, assez d'argent pour en
acheter une nouvelle.

Le cours le plus adapté à la mère
d'Ellie serait : construire une nouvelle
voiture à partir de rien. Mais je doute
que l'Université du Savoir propose ce
genre de cours.

J'insiste avec mon regard noir, sans aucune méchanceté, vous voyez. Non, juste pour qu'elle comprenne que je ne suis pas là pour le spectacle de sa beauté. Mes pattes me font mal.

Elle lève les yeux de sa brochure et elle me voit.

— Oh, Tuffy, quel adorable petit minois grognon !

Je suis comme vous. Je n'aime pas les taquineries. Je la fusille du regard.

Bon, d'accord, je grogne un peu.

Et ensuite, je crache.

Et devinez la suite. Elle disparaît dans son sac, en sort précipitamment son appareil photo, et elle me prend en photo.

Pas sous mon meilleur profil, je suis obligé de le reconnaître. J'ai l'air un peu renfrogné.

Et je montre les dents.

Et mes griffes sont longues et poin-tues. Et ma patte est tendue, prête à attra-per un gros morceau de la jambe de quelqu'un. De quelqu'un qui doit aban-donner mon bout de canapé ensoleillé.

Non, c'est sûr, pas mon meilleur pro-fil. Mais la photo lui plaît et lui donne une idée.

-- Je sais. Je vais suivre le cours d'arts plastiques, peinture et poterie. Ma première œuvre sera le portrait de Tuffy d'après cette photo. Je pense que ça va être charmant.

Oh oui, absolument charmant, bien sûr. Charmant comme être traîné dans la boue.

Oups !

Et la voilà partie. Elle est incroyable cette femme ! Elle fait rugir le tas de ferraille garé devant leur maison. Elle roule, faisant un signe de la main, vers son premier cours d'arts plastiques.

Et elle revient avec mon portrait.

Je la regarde depuis mon bout de mur, bien au chaud, là où je réfléchis souvent.

— Magnifique ! s'écrie la contractuelle pendant que la mère d'Ellie extrait son tableau de la voiture. Un vrai tigre.

— J'aime beaucoup, dit monsieur Harris en remontant l'allée. Une superbe affiche du nouveau film d'horreur qui passe en ce moment au cinéma.

— Superbe, ajoute le père d'Ellie. Tu as saisi son expression à la perfection.

Ellie ne dit rien. Je crois, si je suis vraiment honnête, que la peinture lui fait peur.

La mère d'Ellie cherche où elle va bien pouvoir mettre son tableau. (Elle aurait dû me demander. Je lui aurais gentiment suggéré : et pourquoi pas directement dans la poubelle ?)

Mais non. Elle inspecte le salon.

— Et pourquoi pas là ?

Je la fixe du regard.

— Oui, ça sera là. Ça sera parfait. Et tous les gens qui passeront à la maison pourront l'admirer.

(Ah oui. À leurs risques et périls.)

Et elle passe à l'action. Elle trouve un crochet et un clou, et accroche le « Portrait de Tuffy » juste au-dessus du canapé, là où tout le monde peut l'admirer.

Et là où je pourrai l'atteindre…

Si je m'étire au maximum…

Oups !

Un petit coup de patte

Allez-y, coupez-moi les griffes. J'ai
découpé le chat en morceaux. Par pitié !
Si quelqu'un a le droit de déchirer cet
œil de chat peint, c'est moi.

C'est un accident. La seule chose que
j'ai faite, c'est donner un petit coup d'une
de mes douces et gentilles pattes vers le
tableau. Juste pour me sentir mieux.
Comment osez-vous dire que c'est de ma
faute si mes griffes se sont accrochées à la
toile ?

Accrochées et coincées.

Personne ne peut me reprocher d'avoir essayé de libérer ma patte.

Maintes et maintes fois…

J'admets que la peinture ne ressemble plus à grand-chose. Mais je me sens beaucoup mieux.

Je m'installe sur mon bout de mur, dehors, et j'attends.

L'explosion viendra bien assez tôt.

– Regarde-moi ce massacre ! Mon portrait de Tuffy ! En lambeaux ! Partout sur le tapis ! Non, pas que sur le tapis ! Ce n'est pas un bout d'oreille là, sur le buffet ? Et là, un bout de queue accroché à la lampe ?

– J'ai trouvé une patte sur le rebord de la fenêtre, pleurniche Ellie.

J'ai dispersé le « Portrait de Tuffy ». Si quelqu'un a envie de suspendre à nou-

veau ce qui reste de ce tableau, il va devoir lui donner un nouveau nom.

Peut-être «Après la bataille ». Et devinez le nom du vainqueur ?

Ellie ramasse le châssis et tout ce qui pend.

— Tuffy, me gronde-t-elle aussi durement qu'elle peut, regarde ce que tu as fait du tout premier tableau de Maman ! Tu l'as massacré !

Une tragédie, je ne crois pas. Et si vous voulez mon avis, personne ne va pleurer sa disparition au musée des Beaux-Arts. La mère d'Ellie sait faire rugir son épave assez longtemps pour aller jusqu'à son cours d'arts plastiques, mais elle ne sait pas peindre.

Je peins mieux qu'elle avec mes pattes. Et la prochaine fois qu'elle laisse

traîner une toile, chère, immaculée, blanche, je vais lui montrer.

Ça, oui, je vais lui montrer.

Bagarre et beauté

Allez-y, passez-moi les moustaches à la chaux ! J'ai fait une petite entaille sur sa précieuse nouvelle toile. J'étais pressé. Comment suis-je censé savoir qu'elle la laisse traîner là juste une minute le temps d'aller à la maison prendre ses pinceaux ?

Elle est là, en plein milieu du passage, toute belle, à plat, toute propre, blanche, nette – bon, d'accord –, immaculée.

Prête à servir, vous me direz.

Vous pouvez me croire, je n'avais rien prémédité quand j'ai trébuché sur le tube

de peinture bleue – par erreur – avant
de courir vers le portail, en passant sur la
toile.

Et n'importe qui aurait été aussi maladroit que moi et aurait renversé le tube
de peinture rouge en revenant au pas de
course vers la poubelle pour humer cette
bonne odeur de poisson.

Comment osez-vous m'accuser ! C'est
ma patte qui a glissé sur le tube de peinture jaune au moment où j'essayais de
frapper à toute volée un papillon qui pas-
sait par là. Comment imaginer que j'allais
mettre des gouttelettes de peinture partout ?

Et vous ne pouvez pas me condamner parce que ma queue a donné un petit
coup dans le tube de peinture verte avant
d'aller se promener plusieurs fois sur la

toile, alors que moi j'étais très préoccupé par toutes ces éclaboussures.

Coloré, j'ai pensé. Réjouissant. Frais et moderne.

Madame-l'artiste-en-devenir n'est pas du tout de mon avis :

— Une toile toute neuve bonne à mettre à la poubelle ! Regarde-moi ça, c'est du n'importe quoi ! Et moi qui avais prévu de peindre un superbe coucher de soleil sur un lac, face à un champ de boutons-d'or !

Ellie prend ma défense.

— Tuffy n'a pas voulu être méchant. Il a juste vu la toile en premier.

Je jette un coup d'œil à mon travail manuel. Ellie a raison. Vous aimez les couchers de soleil ? Regardez cette grande zébrure rouge. Vous voulez un lac ?

Là, une tache bleue. Des boutons-d'or ?
Des milliers de gouttelettes jaunes sur
cette peinture. Un champ ? Pas de problème. Des tonnes de vert.

Je lance à Notre-grande-dame-du-
pinceau un regard dédaigneux. Ce n'est
pas du n'importe quoi, voilà ce que mon
regard lui explique, c'est de l'art !

Et Ellie le pense aussi. Elle n'ose plus
rien dire jusqu'au départ de Madame
Picasso pour son cours. (Bang ! Fracas !
X@%★%$! Tuf tuf tuf ! Dernier soupir !)
Mais, juste après, Ellie dit à son père :

– Je l'aime beaucoup. Est-ce que l'on
peut l'accrocher ?

En général, il a plus de tact. Mais il est
toujours fâché que sa femme n'ait pas
choisi le cours « Comment réparer son
vieux tacot ». Et il déteste le gaspillage,

même s'il s'agit d'un clou sur un mur. Alors il attrape le tableau et l'accroche au-dessus du canapé.

Ellie le regarde les mains croisées, émerveillée. (Il faut lui reconnaître une qualité, à cette fille, elle peut être nouille, nouille, nouille, mais elle est loyale.)

– Je vais le baptiser « Bagarre et beauté », dit-elle.

Je me retourne, l'œil critique, vers ma première œuvre d'art.

Pas sûr pour « beauté ». Mais partant pour « bagarre ».

Oui. J'aime la bagarre.

Un soupçon de conseil

Madame Regarde-ce-que-mes-mains-font-comme-par-enchantement revient dans l'après-midi avec trois dégoûtantes mottes de boue séchée.

(Je ne vous raconte pas de blague. De gros morceaux de boue séchée. S'ils avaient été verts, on les aurait pris pour des crottes de nez géantes.)

– Comme je n'avais plus de toile, nous explique-t-elle (Glacial, le regard qu'elle me jette. Je préfère l'ignorer), j'ai fait poterie.

Poterie ?

Patouille, plutôt, si vous voulez l'avis du talentueux auteur de « Bagarre et beauté ».

Je tends la patte pour caresser une des mottes.

Accident ! Elle éclate en mille morceaux avant même de cogner le sol.

— Tuffy, comment oses-tu ! Tu commences par laisser des empreintes sur ma toute nouvelle toile et maintenant tu casses un de mes jolis nouveaux pots.

Jolis nouveaux pots ? Tu parles. Ils ne sont pas beaux. La glaise provient sûrement d'un vieux marécage.

Elle range ses
deux pots, à l'abri,
là-haut, sur l'étagère.

– Je parie que Tuffy est incapable de grimper jusque-là pour les faire tomber.

Un tout petit conseil : ne jamais parier avec un chat. Cela m'a demandé un réel effort. (Ma forme physique n'est plus ce qu'elle était.) Mais, finalement – oui finalement –, j'ai trouvé un moyen de grimper sur cette étagère.

Ces deux pots sont encore plus laids que celui que je viens de faire tomber. (Accidentellement.) Vraiment horribles ! Ils ont des grumeaux qui pendent par là, d'autres qui dégoulinent par ici. Il y en a même un avec une verrue en dessous.

Donc, chaque fois que je lui donne un petit coup, il oscille dangereusement.

Hé, ho !

J'aimerais pouvoir vous dire qu'il a volé en mille éclats. (Ça sonnerait bien !) Mais c'était de l'horrible camelote, il s'est seulement cassé en deux.

Tant pis. Ça me va. Au moins, ces choses ne sont plus.

Deux à terre.

Une à éliminer.

L'affreux pot de la petite dame

Dans cette maison, je ne suis pas le seul à détester ces affreux pots et à avoir envie de m'en débarrasser. Le lendemain matin, de mon pas nonchalant, j'arrive dans le salon, à mon heure habituelle, pour trouver le père d'Ellie assis juste à côté de mon coin de canapé ensoleillé.

Il a une lueur dans les yeux que je ne lui connais pas. Je mets un moment à comprendre qu'il est content de me voir.

Bizarre, non ?

Il m'invite à venir le rejoindre.

– Viens là, mon petit chat.

Mais on croit rêver ! «Viens là, mon petit chat !» Cet homme n'a jamais recherché ma compagnie. Je ne me souviens pas d'heures heureuses, allongé sur ses genoux, à me faire caresser et dorloter.

Non, je ne m'en souviens d'aucune.

Il est évident qu'il cherche à obtenir quelque chose. Je jette un rapide coup d'œil à la pièce et…

Voilà ! Il a déplacé l'affreux pot de la petite dame sur la table basse.

Ah ! ah ! Voilà ce qu'il espère ! Que je refasse ce que j'ai fait hier avec succès : un petit coup de patte, un petit « Oups ! » et un pot fraîchement cassé, en route pour la poubelle.

J'avoue, je suis tenté. Il est moche, ce pot. Le monde se portera mieux sans lui.

Pour être vraiment honnête, je pense que ce pot serait plus beau en mille morceaux sur le sol qu'en entier sur la table.

Je suis un animal domestique serviable, toujours prêt quand on a besoin de moi.

Je lance ma patte, prêt à agir.

Et là, il commet une grosse erreur.

– C'est bien, gentil petit.

Gentil petit ? Il me prend pour qui ? Un stupide chien ?

Je le fixe lentement, les yeux plissés. S'il a un peu de jugeote, il va comprendre. Comprendre que ce regard signifie : excuse-moi. Lequel des deux a été dressé comme un chien ? Est-ce que je suis du genre à faire ce que tu veux ? Non, ce n'est pas mon genre. Est-ce que j'accours quand tu m'appelles ? Non, je vis ma vie. Je suis un chat.

Toi, par contre, tu es très bien dressé. Si j'ai faim, il me suffit de tourner plusieurs fois autour de tes jambes, au point de te faire trébucher, et tu ouvres une boîte. Si j'ai envie de sortir, je me plante devant la porte, et je miaule comme si j'étais prêt à vomir, et tu es là en une seconde pour m'ouvrir. Lequel des deux devrait dire « gentil petit », mon pote ?

Oui, c'est ça. Sûrement pas toi. Moi.

Il y a plusieurs façons de lui faire comprendre. Je décide de rester très évasif. Je le tiens sur des charbons ardents, je vais et je viens autour de la table basse. (Quel hypocrite ! En général, il me repousse vivement.) Je frôle le pot, un peu plus, à chacun de mes passages. Et, parfois, je tends la patte vers ce pot qu'il espère tant me voir casser.

Je donne même un petit coup pour faire trembler ce maudit pot.

Pour qu'il se renverse.

Presque.

Pas cette fois.

– Allez, vas-y, me supplie-t-il. Tu es suffisamment maladroit.

Maladroit ? Les choses tournent au vinaigre. J'aurais pu lui dire : pas une seule chose ne sera cassée dans cette maison, sauf si je décide de la casser. Nous, les chats, nous sommes intelligents. Nous sommes rusés. Nous sommes miauleurs.

Mais nous ne sommes pas maladroits.

Et là, il se trompe définitivement de texte. Il essaie une nouvelle tactique.

– Allez, casse-le pour moi. S'il te plaît. Mon gentil petit chat, mon gentil, gentil, petit chat.

Comment ose-t-il ! Quel culot ! Il est incroyable, cet homme ! Cinq ans de vie commune et il me traite de « gentil ».

C'est une insulte.

J'ai envie de le griffer. Je préfère prendre ma revanche. Je fais les gros yeux et je dresse tous mes poils. Je fais le coup du « Je-viens-juste-de-voir-passer-un-fantôme ». (Très joli coup.) Et, cerise sur le gâteau, je recule à 100 kilomètres à l'heure sur la table basse, droit sur le joli plat en porcelaine qu'il aime tant, qui vole en éclats et qui jette à terre toutes les pièces qu'il garde là.

Il ramasse toujours ses pièces quand on sonne à la porte.

Monsieur Harris, notre voisin. Et comme d'habitude, il vend des tickets de tombola.

– Désolé, dit le père d'Ellie, comme à son habitude. Malheureusement, je n'ai plus du tout de monnaie.

Monsieur Harris regarde les pièces qui débordent des mains du père d'Ellie.

– Oh, ça ira, dit-il. Toutes ces pièces suffiront pour un billet. Et le premier prix vaut vraiment le coup, surtout pour votre famille. C'est une belle voiture toute neuve.

(Apparemment, nous, les chats, nous ne sommes pas les seuls à en avoir assez de tousser pendant des heures chaque fois que la famille se met en route.)

Alors, il ne reste plus qu'une chose à faire au père d'Ellie. Acheter un ticket ou passer pour un radin.

Il est maintenant de très mauvaise humeur.

Je trouve ça déplaisant d'avoir à la supporter.

Nous, les chats, nous avons notre dignité. Je choisis de pousser cet affreux pot loin du bord de la table. Je le déplace un peu et encore un peu. Et je le mets en sécurité, juste au milieu de la table, là où personne ne pourra le cogner ou le casser même par erreur.

Ensuite, je dresse ma queue fièrement et je sors, l'air digne.

Le chat et la souris

Nous ne jouons plus au chat et à la souris. (Et devinez qui faisait la souris !) Il remet l'affreux pot sur l'étagère pour que l'Artiste-en-herbe ne se doute de rien. Mais s'il veut toujours que ce pot disparaisse, il souhaite garder les mains propres, Monsieur-je-suis-blanc-comme-neige, et pouvoir jurer à la mère d'Ellie que c'est moi qui l'ai cassé.

Les semaines qui suivent, il essaie tout. Vous pouvez me croire, tout.

Premièrement, il demande et il supplie.

Vous voyez ce genre de trucs : « Mon petit chat ? Mon gentil petit chat. Est-ce que tu es prêt à faire une toute toute petite chose pour moi ? »

(Bon, ma vieille grand-mère aurait dit : « Passe-moi la bassine, je vais vomir, Alice ! »)

Puis il m'attrape, m'installe sur l'étagère et me pousse vers le pot.

C'est ça. Il met sa main sur mon dos et essaie de me pousser. (Il soigne encore les griffures récoltées cette fois-là.)

Ensuite, il enduit le pot de crème Chantilly,

espérant que la gourmandise me fera sauter sur l'étagère et lécher le pot si fort qu'il tombera.

Qu'il est bête ! De la crème ? Sur l'étagère ? Quel pied ! Je fais des dérapages, je lance des gouttes de crème partout. Il met des journées entières à se débarrasser de cette odeur aigre.

Cette semaine, je passe beaucoup de temps dehors, à chasser Gregory, notre petit voisin, hors de notre jardin. Chaque fois que le pauvre garçon passe notre grille, cramponné à un mot que lui a confié sa mère, je jaillis de derrière le buisson de houx, les quatre pattes en l'air comme si je venais me plaquer sur un mur invisible juste là, devant son visage.

Gregory hurle, jette son bout de papier et se précipite chez lui.

Je pousse le mot dans le buisson de houx (les preuves doivent disparaître) et je retourne dormir sur mon mur.

Un jeu stupide, me direz-vous. Peut-être. Mais ça m'amuse et ça fait passer le temps. J'attends que le père d'Ellie ait fini de frotter le tapis pour se débarrasser de la mauvaise odeur qui règne dans le salon. Et puis, je reviens retrouver mon adversaire dans la Guerre-du-pot-affreux-de-la-petite-dame. Un adversaire chaque fois plus rusé.

Il a caché une crevette bien fraîche dans la chose.

– Nous y voilà. Essaie de résister, Tuffy ! Essaie de sortir cette crevette sans faire tomber le pot de l'étagère !

Bon, j'hésite. S'il y a bien une chose que j'aime, c'est les crevettes. Mais, après réflexion, je me dis que personne, pas même le père d'Ellie et son porte-monnaie en peau d'oursin, n'oserait acheter une seule crevette. Il doit y en avoir d'autres quelque part !

Une petite visite dans la cabane à outils et je trouve les autres, toujours dans leur sac, loin des regards (de la mère d'Ellie), prêtes pour le petit en-cas de luxe de Monsieur.

Les choses tournent à mon avantage. C'est moi qui les mange.

Avant six heures ce soir

Alors que je rentre à la maison, Bella et Tiger m'appellent depuis le mur où ils regardent la mère d'Ellie se garer.

— La voiture de ta famille est une vraie calamité, dit Bella.

— Toute cette fumée, approuve Pusskins.

Tiger est encore plus sévère.

— On pourrait tous mourir étouffés.

J'écoute encore ses jérémiades quand la mère d'Ellie surgit dans l'allée, accompagnée de son plus récent chef-d'œuvre.

— Et qu'est-ce que c'est que ça encore ? Un tas de brindilles tricotées ?

— C'est sa nouvelle œuvre d'art, suis-je tenu d'expliquer. Elle a abandonné la poterie pour les sculptures de jardin.

— Ces sales bouts de raphia vont traîner partout, râle Bella. Et elle appelle ça un drapeau, ce truc tout là-haut ? Ou alors du papier toilette s'est trouvé coincé sur on ne sait pas quoi ?

La mère d'Ellie titube, et la voiture crache encore de la fumée, mais elle n'y fait pas attention. Elle fait signe à Ellie.

— Viens voir mon nouveau chef-d'œuvre. Je l'ai appelé «Wigwam en été » !

Ellie court vers elle en tapant des mains.

— Oh, crie-t-elle, c'est adorable ! C'est

beau ! Est-ce que moi aussi je pourrais avoir ma petite maison ? Pour m'y installer et jouer à « Si j'étais… » !

Tiger détourne le regard et Bella fait comme si elle n'avait pas entendu. Tout le monde a parfois honte de sa famille. C'est comme ça que tourne le monde. Mais Ellie dépasse les bornes. C'est la Reine de la guimauve.

Mais ce truc de « m'y installer » a donné une idée à Bella.

– Ce wigwam serait des petits coins pour chats formidables. Une taille parfaite. De l'intimité. Et ce drapeau permettrait d'indiquer si c'est occupé.

– Et comment c'est occupé, ajoute Tiger. Il se tourne vers moi. C'est ce que l'on appelle le symbolisme, m'explique-t-il. Je le sais parce qu'un membre de ma

famille suit le cours sur les grands courants littéraires dans la même université.

– Espérons qu'elle va déplacer le
wigwam au milieu des fleurs, dit Pusskins. Ça serait plus simple
pour creuser un trou,
après…

Je vis en famille.

– Eh, les gars, je joue les rabat-joie.
Vous oubliez la pauvre Ellie ? Elle ne va
pas s'asseoir et jouer à « Si j'étais… » dans
des toilettes publiques.

Notre petite dispute nous occupait
encore quand la voiture toujours fumante

a pris feu. (Pin-pon ! Pin-pon ! Ça sera notre cri de ralliement pour notre ronde nocturne.)

Pour conclure, Bella a pris la parole :

– Quel dommage que le père d'Ellie ne retrouve pas son ticket de tombola, le ticket gagnant pour la voiture neuve.

– Qu'est-ce que tu dis ?

Elle se tourne vers moi.

– Tu n'es pas au courant ? Le tirage au sort a eu lieu il y a quelques semaines. Selon le carnet à souches, le père d'Ellie a le ticket gagnant. Mais monsieur Harris dit que, selon le règlement, le gagnant doit se présenter avec son ticket pour remporter le prix.

– Avant six heures, précise Pusskins. Ce soir. Tapantes. Autrement, la voiture ira au deuxième.

– Première nouvelle, dis-je d'un ton gêné.

– Comment c'est possible ? Tout le monde est au courant. Et le père et la mère d'Ellie aussi. Monsieur Harris a envoyé Gregory au moins une douzaine de fois avec un mot pour les prévenir.

Je suis encore plus gêné. Je jette un coup d'œil coupable aux vieux papiers amassés sous le houx. Je ne peux m'empêcher de marmonner :

– Pauvre de moi, oh, pauvre, pauvre de moi !

– J'espère que le ticket n'est pas perdu, dit Pusskins. Un ticket, c'est si petit, il est très facile de ne plus savoir où on l'a rangé dans une maison.

Je fixe un nuage au-dessus de ma tête, sans pouvoir prononcer un mot.

Autour de moi, ils soupirent tous.

– Notre vie aurait été plus douce si ta famille avait eu une nouvelle voiture, dit Bella. Ils auraient pu partir plus souvent en promenade. Nous laissant un peu tout seuls.

On ne dit rien, on repense au bon vieux temps, à nos courses dans le salon, aux coussins déchirés, au stupide poisson rouge mort de peur.

– Bon, d'accord !

Et ce n'est pas une blague. Je plonge la tête dans le buisson de houx. Je dois aller très loin pour récupérer un papier pas trop déchiré. Bella est une chatte mouchetée et dodue. Elle m'aide à défroisser le papier. (Nous avons bien aimé cette heure de repos sur les dalles chaudes.)

Et puis, je glisse le papier sous la porte de derrière.

Et, bien sûr, la mère d'Ellie le trouve.

– George ! George ! On a gagné une voiture ! À la tombola ! Il nous faut le ticket que tu as acheté au père de Gregory, et la voiture est à nous !

Elle se précipite sur lui.

– Où l'as-tu rangé, ce ticket, pour être sûr de ne pas le perdre ?

Elle marque un temps d'arrêt.

– George ? Tu sais où tu l'as rangé, n'est-ce pas ?

Ellie et moi, on effectue un demi-tour pour nous retrouver face à lui.

Il est vert.

Cours, Papa, cours !

Bien sûr, ce pauvre homme n'en a aucune idée. Je les regarde mettre la maison à l'envers, retourner les coussins, soulever les tapis, vérifier toutes les enveloppes.

L'horloge indique six heures moins le quart, ils sont désespérés.

– Il doit bien être quelque part !

– Où l'as-tu mis ? Fais un effort !

Il s'arrache les cheveux et pleurniche.

– Je ne sais pas ! La seule chose dont je me souvienne, c'est d'être dans cette pièce, le ticket à la main.

Je lui donne pourtant des indications. Je fais des allers et retours sur l'étagère en ronronnant. Mais ils n'ont pas le temps d'y prêter attention.

Pour en finir, cinq minutes avant l'heure limite, je suis obligé de faire ce qu'il essaie d'obtenir de moi depuis des semaines.

Je n'ai pas choisi de le faire, nous sommes bien d'accord. C'est un acte désintéressé, pour le bien de la communauté. Si ça ne tenait qu'à moi, j'aurais préféré me casser une patte que de lui faire plaisir en cassant ce pot affreux.

Mais nécessité fait loi. Je dresse la patte et je donne un coup sec et sûr.

Il ne s'est pas brisé en mille morceaux sur le sol. Dommage. En plein vol, ce pot grossier s'est cassé en deux.

Et de là tombent en premier une crevette puis un petit ticket de tombola.

Les morceaux du pot atterrissent sur
le tapis. Pop ! Pop ! Pop !

– Mais que fait une crevette ici ?

Il n'a pas le temps de rougir. Il
ramasse vivement le ticket et se jette sur
la porte.

– Cours, Papa, cours ! crie Ellie.

Une victoire juste
et une issue heureuse

Ma bande m'a tout raconté, après coup.

— Il n'a pas fait le tour, il a sauté par-dessus la clôture.

— Surprenant ! Un saut digne des jeux Olympiques.

— Il a failli en avoir une attaque !

Je suis déçu d'avoir manqué ce spectacle. Mais j'étais trop occupé à recueillir les louanges d'Ellie et ses câlins.

— Oh, Tuffy ! Tu es le chat le plus intelligent, le plus merveilleux du monde ! C'est toi qui as trouvé le ticket ! Juste à

temps ! Et, grâce à toi, nous avons une nouvelle voiture. Je t'aime, Tuffy. Je t'aime tant. Tu es mon gentil, mimi Tuffy.

OK, OK, ça suffit ! Je n'en peux plus de toute cette guimauve. Je la secoue un peu et je sors. J'ai besoin d'être seul. Je veux réfléchir à une ou deux choses sur mon mur. J'ai dû faire un énorme sacrifice. J'ai dû faire ce que le père d'El-lie attendait de moi : casser ce pot.

Je déteste faire quoi que ce soit pour cet homme. Plutôt mourir que de lui faire plaisir ! Mais c'était ce qu'il y avait de mieux à faire. Bella a raison. Maintenant, ils ont une nouvelle voiture, ils vont sortir plus souvent. J'ai peut-être perdu une bataille, mais j'ai gagné le champ de bataille.

C'est une défaite honorable.

Une victoire juste et une issue heureuse.